EL PENSAR

DOUGLAS BURGOS

DB Publishing
DB Business LLC
Maryland, United States
dbbusiness.com

DB Publishing es una división de DB Business LLC. El nombre DB Publishing y el logo son marcas registradas de DB Business LLC.

Primerea Edición: Noviembre 2021

El editor no es responsable por páginas web (o sus contenidos), que no son propiedad del editor.

ISBN: 978-1-7369987-5-5 (pb) / 978-1-7369987-6-2 (digital)

Impresión 1, 2021

Impreso en los Estados Unidos de América.

PARA TI

Un tanto para la imaginación. Otro tanto, para el
aburrimiento...

AGRADECIMIENTOS

Al pensante del Ser.

EL
PENSAR

Pensar es prevalecer ante la evolución.

CAPÍTULO 1

La naturaleza del pensamiento es el conjunto de dos flujos de comunicaciones: iguales, convexas, frontales, profundas, perpendiculares, oblicuas, lineales, tangenciales, y dimensionalmente multifuncionales.

Funcionan programada y sincrónicamente, pero en sentido inverso. Uno, gira en dirección espacial y, el otro, en dirección vectorial.

Los une un eje de movimiento y de rotación infinito. Su inicio viene desde lo profundo del Cosmos; en el lugar del génesis de nuestra realidad...

Su inicio en la humanidad se da con la concepción, y no limitaré, su dirección, a la explicación del negar el pensamiento.

El flujo de dirección espacial...:

— Propone: informa, manifiesta, exterioriza, y admite.

El flujo de dirección vectorial...:

— Cuestiona: ventila, naturaliza, y traduce la respuesta final a la ejecución; y la direcciona al eje de rotación, y este produce la orden del movimiento, a la materia.

Por esta simple razón nos trasladamos de un lado a otro: física, matemática, y químicamente. Como resultado de una ecuación compleja, o sea, a través del cuerpo.

Entonces, queda demostrado, que...:

El pensamiento, mueve la materia. Pero...

¿Qué es el Pensamiento?...

El Pensamiento es una energía de inevitable transformación, y existe en todas las perspectivas. Es un flujo constante de reacciones químicas, transformado en ecuaciones físicas y matemáticas de profundo diseño, y de complejidad: anti-diseño.

Su plano de ejecución es: desde afuera, y en nuestro cerebro.

Es por eso, que dependemos de un programa diseñado por la misma "realidad" y, viene a nosotros, a través del Cosmos:

1- Expuesta o exteriormente: que representa, la estructura Humana.

2- En nosotros, o el pensante que hay por dentro: que es la dimensión desconocida; la del pensamiento, o dimensión critica.

3- En el origen: que sintetiza la dimensión de las dimensiones, ósea... el Universo, o Dios.

CAPÍTULO 2

Yo.

Aquí, conmigo mismo. Sentado en la cuna del pensamiento, y a sabiendas, de mi consciencia, soy... La luz, de la luz.

Reino en las distancias y el tiempo, porque soy la forma absoluta del acontecer humano.

Pero hoy, la fecha no cabe en el papel mojado, y espanto hacia un lado el agua callejera, mientras, al tiempo, me zumban al oído las voces pasajeras de sus luces.

Sí, aquí pensando, que pienso —de un modo u otro—, que había encontrado la forma callada y material que me recuerda a la memoria. Pero, que, siendo necesaria, no lo es; y que casi pierdo en el lugar en que ya no estoy, por una necesidad, innecesaria.

Pero, estaba conmigo, y pude haberla olvidado en aquel lugar de piedra. Como cualquier vagabundo que pierde sus pensamientos vagos... Y comprendí, que, comprendo, que tenía su fin.

¡Ah!... ¡Que hermoso existir!

Y traje los pensamientos lejanos del que habla en el viento, y dibujó sus pensamientos en piel blanca, pero mojándola, de oscuridad.

La aceptación quedó guardada en el mismo baúl, donde el resto. Donde abren sus brazos para ser premiadas con alas de felicidad —doradas de luz—, mientras que, al tiempo negado, escuchaba una melodía lejana; tallada de paciencia en el lago que duerme, en mi memoria absoluta.

Y se bañó mi sonrisa de frente al mar, y sin saber: supe que soy, sin tiempos. Vivo antes que el ayer, el hoy, y el después... Claro, ¡siempre estuve!

Así, presentía, desde antes, el nacimiento al Ser. Al Ser, de los caminos difíciles y extraños, donde la amante de la hoz huele a peligro y a encuentros no deseados; pero para el pensar opaco...

Yo, vine de allá, pero nunca estuve. Sólo soñé que recorría polvorientos caminos y viajaba a lo inevitable, mientras, dormía, en la piel de mi estrella.

Y hoy se derramó la luz más brillante y bondadosa sobre mí; la que es esquiva y negada, a la opacidad. En mí, y sólo en mí, porque sonrió...:

La negación, de la negación. O sea... El yo, de mi yo. Por eso, ¡Yo Soy!...

Pero, entonces: ¿qué pasó cuando dormir, no dolía; y el Ser radiante se paseaba en sueños de cuna lejana y sola? ... De todos modos, inevitable despertar..., inevitable evadir.

Y sopló al oído: "el del antes y el después", "el del principio y el fin", diciendo que ya era hora de la no-hora; el momento del no-momento.

En verdad, me halló, ¡sin salir a buscarlo!... En ese lugar donde duermes en la nada: a la espera de cazar el aire, de amarrar al fuego, y de abrazar la tierra callada. Entonces...:

Siendo, yo: él; y él: lo que yo sea..., simplemente... ¡Soy, la esencia!

CAPÍTULO 3

Mientras entendía que todas las cosas tienen su momento, derramaba mis pensamientos con una mano celestial; y sobre mis dedos extendidos... Era yo, ¡el verdadero yo!

Entonces, llegó la hora de la no hora: la de llegar al reposo material. Morada de materia a la que va el cuerpo, y de la que huye el alma; a la oscuridad que encierran cuatro puntos de luz sin luz, de color sin color, de líneas sin líneas, y donde no escapas porque simplemente: ¡no estas!

He visto, siendo luz, a la ignorancia que hace alarde de su estúpida existencia y pertenencia, porque está pintada de orgullo y necedad.

Seguimos por caminos distintos. Ella, sin mí, y

yo, conmigo mismo; y pensé que nunca fui... Que más bien, lo he sido siempre.

Y encontrando los pensamientos llenos de melodía diáfana, con tonos átonos, y timbre infinito; pero encerrada en hilos que conectan a mí, estímulos de mis recuerdos de ella... Siendo, ella, volví a ella, entre sus turbulencias corporales de tempestades recias y salvajes; que huelen al liquido de la vida, al narcótico del pensamiento, y a la furia del lado opuesto de la bóveda azul. Lugar donde se guarda el secreto de los secretos... Justo en su corazón, donde habitan los más profundos deseos de mojar el alma.

Pero también huelen a temblores y a los temores de quedarme para siempre en ella. Ella, me quiere en sí; yo, me quiero en ella. Pero, yo le digo: ¡no, tranquila!...

Tú, eres del aire, y yo, del fuego. El aire aumenta el fuego, cuando el fuego, perderse quiere en su sigilosa fuga a la libertad. Y viaja con él, a donde quiera, pero el fuego..., nunca quemará al aire.

CAPÍTULO 4

Mientras caminaba por las mismas líneas: entre calladas, bulliciosas e inconscientes como el acero, yo pensaba. Mientras, que, por encima, por su piel caliente iban pasando los demás; movidos por los movimientos sin vida, y sin sensaciones ni sentimientos de lo hondo. Sólo se mueven a su antojo, mientras desgastan cada silencio caluroso de las rutas acostadas.

Hoy pienso que no son necesarios, que no son imprescindibles: sólo les dan un lugar y un valor, por fuera de sí.

De pronto, en una de sus intercepciones mudas: entre mi eterno silencio, y con los sensibles de las que vuelan en el encerrado celeste —donde dependen de las existencias desfavorecidas, y de una contradicción—, habiendo y teniendo su percepción absoluta, divisé a mi semejanza inversa...:

Inversa, de sueños sin sueños. Inversa, en hondos y superficiales existires..., y lo entendía. En tanto, que, detenidos los movimientos sin vida, jugaba con la luna en su cabeza.

¡Ella, subía! ..., ¡luego, bajaba! Y de un tirón, pasaba a cada una de las extensiones de su materia.

La luna, seguía distintas direcciones mientras ascendía, pero, al final, siempre vectorizaba con relación al mismo lugar: al centro de lo que ignoraba, y a donde siempre iremos... Al principio.

Él, extiende su materia corta mientras cambia esa extraña luz, que, le dice, que debe seguir el movimiento —detenido sin razón—. Y algunos, le dejan razones para seguir viviendo: razones, para continuar, ¡negándolo a la luz!

Cada vez más, y aproximando lo ilógico a lo irracionalmente entendido, comprendí, que...:

Físicamente, sintiendo el pensamiento, es preciso conocer, lo desconocido.

Y enlazando eventos de los que vivió, el Ser, al Ser...:

Trascendía al no-pasado, bañándose del no-presente, y nutriéndose del no-futuro —en cuanto al no vivir, y al no morir—. Sólo, en dirección a la existencia, dentro del pensamiento absoluto.

Y viajé al no-pasado por todas y cada una de las rutas del pensamiento, libre de contaminación.

Vi soles, lunas, y otros lugares, nomás agarrados y sostenidos del hilo de la no-atracción; tan distantes del punto, donde duermen mis huellas.

Allá, no existe, pero aquí, es un castigo natural. Y a la vez, un sometimiento a la involución.

Nos reta, nos llama, pero al entendimiento y a la trascendencia evolutiva; y con esto, a la liberación.

Sólo hay que aprender a escucharla...: Callando, durmiendo con el silencio; siendo su parte necesaria.

También vi seres sin esos elementos, que, a la opacidad, les hace y permiten existir...:

Respiran, se alimentan, y trasladan a través del no-desear. Pero, comprendí que no les era extraño, que no les era indiferente.

Y con esa expresión que limpia el alma y la brilla con intención celeste, me permitieron: bañarme, alimentarme, y nacer de ellos. Donde verdaderamente, vive, el de siempre... Para así, conocer, sin limitación alguna:

El verdadero conocimiento, del no-conocimiento.

¡Que bien, se siente, nacer nuevamente! Hoy, comprendo, al comprender.

Al despedirme, salí sin mis formas materiales libres de contaminación y limitación alguna, para andar las rutas de mis destinos. Sin dejar huellas al andar, ni razones, para detener la razón de una existencia causal, para así: seguir iluminando, desde el antes y el después.

Premonitoriamente, llegué a mi génesis, encontrando razones inevitables de complejidad suprema, y muy necesarias para llegar hasta estos días —libre de oscuridad—.

CAPÍTULO 5

Y otra vez, caló, esa expresión o forma de expresión de los andantes. Las que los obligan a salir, en forma abrupta, de sus extensiones movibles: sin ningún tipo de connotación, de apreciación, ni de percepción de estas.

Al desconocer su representación: su contenido es dibujado, y su apreciación, desconocida. Luego, las arrojan a la piel blanca, condenándolas, en ella, a la eternidad.

Esa forma me recordó, que, la hoz viviente, robó una parte de mí para llevarla por caminos lejanos, y extraños de mí mismo. Sometiéndome, así, a olvidar ese sinónimo mío..., pero fracasó en su intento.

Allá, está conmigo, sobre la hierba de otro planeta imaginario: sometiendo sus voces, a su silencio sideral.

CAPÍTULO 6

Pero ella, no es culpable. Su función inmaterial es hacer del principio, el fin; y del fin, el nuevo nacimiento a la única y física verdad...

Pero, cesar, no es desfallecer..., es: el nacimiento al Ser; a la maravilla única; al norte del único elemento; del único aire que permite recordar a la movilidad y, a la opacidad, que existen; mas no la advierten.

Habitar y reinar en ella, es estar ungido de esencia... Es que la esencia es conocedora del conociendo; y a su único orden y deseo, es la consecución de lo demás.

Pero dejar al Ser, y no conocerle, es la ignominia más decrépita de los movibles, y por esto son sometidos al destierro del verdadero entendimiento.

Eso, es idealizar a la de la hoz. Que vestida de noche, justifica: el no-gnosis, del Ser interestelar.

Pero esa parte de mí existe, y por ningún motivo, se separó de mí. Sólo..., fui y vine; estuve y estoy... No cabe el Ser, sin existir...:

Es que el pensamiento, en un singular y particular movimiento.

Para no puntualizar en el fondo del génesis total del Ser, determiné no habitar en recuerdos que están atados a roca fija, y que van más allá del futuro de los movibles.

Entonces, pasearían los cuestionamientos necios y negados al fundamento de la mente real, y gastaría mucha sombra sobre la piel blanca — libre de todo entendimiento—.

De todas formas, al no-futuro, ¡existo! Pero, entonces, viniendo del no-venir, estoy sobre el génesis inicial: jugando a que pasan los recuerdos de forma circular —de las extensiones: sur y norte, en el hondo pensar de las imágenes primarias—, al venir encerrado en piel, y en la forma del movimiento. Comprendo, que sin esta forma: no sería, ni hubiese sido posible, trascender...

Pero el movimiento no se detiene ni se fija en el Ser, porque, él, es simplemente llamado a llevar hojas del sabio árbol, talladas de paciencia.

La materia es magistral al entender la movilidad. Y segundo a segundo, minuto a minuto, horas tras horas, días y años —de tiempo en el tiempo—; supe y entendía, pero no sabía que conocía..., ¡carajo!

¡Sí, era la hora de llover! De devolver parte de lo que soy, a mi origen material de blanda y sólida roca; y no entendía, que...:

Muriendo en vida genésica, y naciendo en otra —ya negada—, era: el ir y el venir. Era, y es: el único átomo que no se crea ni destruye... Sólo está, porque así lo establece: "el principio y el fin".

¡Pero, caramba!, ¡mucha vaina fregada! Seguía creciendo al Ser, y el Ser, era...:

Tierra, agua, viento y fuego, pretendiendo entender su innegable objeto a la manifestación del existir.

Todo, a veces era luz..., y a veces, oscuridad. Pero esa forma de observar las sensaciones de la movilidad me permitió saborear la manifestación substancial, de comprender las limitaciones; al tratar de imaginar, simplemente Ser.

CAPÍTULO 7

Existe una manifestación del que tiene la representación, en la que los movimientos, conjugan su vocablo. Su conducta, es ir más allá: sin pretender, pretendiendo. Sin titubear husmean en las contradicciones, estando aquí, y sin saberlo.

Esas, son formas extrañas, de: a veces querer hacer y, a veces, querer no dejar. Nomás, para seguir reinando, con el objeto de causas contrarias, subsisten.

Pero lo desconocen, y ni lo sabrán. Con el no-tiempo, si el Ser, se los permite..., serán. Es, que: ¡el Ser, es! Es, por eso, que en otro advenimiento...:

Será, la imposibilidad, un espejismo de lo

posible. Si me lo permito.

Luego, toma un único e inevitable camino el Ser. Esas manifestaciones —poco de los celestes—, bañaban al Ser, sin haberlo sido.

Comprendiendo —sin pretender, al caminar al revés, y en dirección opuesta a la luz del norte—, daba días a sus días, para que fuera posible al bajo entender: la posibilidad.

Ante sus ventanas que daban a la ruta de mi cuna: inmóviles, ajenos a mí, y sin mí, fui la incógnita porque no tenían otra opción... Era mejor, la aceptación.

Me tiraron gotas de la otra mitad de la noche que es fría, solitaria, y elocuente sobre la piel callada. Pretendiendo, llevarme con su insinuación: a los cuatro puntos de luz sin luz, de color sin color; y debía complacerles, para reencontrar al Ser.

Para seguir siendo, es preciso enchufarse a la pared del entendimiento, ya que es la única forma del suministro del Cosmos... Y viene desde la lejanía, a este punto, como un complejo sistema de conexión informática.

Todas las profundas manifestaciones, de pretender, al templo del Ser, deben buscar...:

Dejar la materia, para conectar el pensamiento al verdadero entendimiento. Por eso, cuando sea preciso, debe suceder —sin presunción de sí—.

El conectarse a otra clase de codificaciones es la solución, es la eterna verdad. Pero, todo esto pasará a los del no-tiempo, y no será manifestado a la movilidad. Por eso, es preciso:

Escuchar con los ojos y, ver, con los oídos.

CAPÍTULO 8

Con estos aconteceres en lejana roca, comienza a emerger en el Ser: su contrario, su inverso; inmerso en profundas e innecesarias formas —en su tiempo, necesarias—, y hondeando en lo más oscuro y tenebroso del túnel.

Solo, contra los solos, y abandonados de la luz, existía a sus presencias como manifestación, soporte, y necesidad.

A veces, llovían las ventanas de la cuna donde duerme mi pensamiento, mientras, era olvidado y desentendido. Ciertamente cortaba la naturaleza, de vez, en cuando, para que recordara su forma confusa; y ella, lo quiso así.

En ese plano extraño, hubo, y hay, una lúgubre

manifestación que encarna el sometimiento a la inevitable cárcel.

Para ellos, siempre será... No porque lo diga, sino, porque esta predispuesto..., y no es preciso precisar.

Este, mostraba el camino y la profundidad de sí mismo, pero sin entenderlo. Y hoy, pintada su altura de nubes blancas, no logra comprender que: yo comprendía, que presentía, superficialmente.

Y fue, y es: el puente y el agua... Yo, camino por encima, y él, simplemente fluye. Debe seguir su ruta, su cometido, hasta que la luz más alta de un suspiro cierre sus ventanas, y le devuelva al principio.

Un inevitable, evaporar, fui, en lugares lejanos y áridos. Pero debía pasar para que vuelva a mí, y yo, a él. Él, no lo sabe... ¡Yo, sí! Entonces, y para entonces..., entenderá.

Y he dedicado sendos genoides a mi más alto recordar de él. ¿Qué pasó, y dejo de pasar? Es sólo negación; detenerse, es limitación... Yo, no habito en ella.

CAPÍTULO 9

Así, comenzaron a suceder los encuentros causales: de cercanos, y lejanos. Todo apuntaba para los círculos incuestionables de los elementos propicios; para el principio, que daba un sendero a seguir.

Fueron sendos elementos de corto y largo detenimiento, y solamente, sucedían, en función de no dejar hacer, el Ser...

En ese entonces, empezaba a conocer, conociendo, lo enteramente y para siempre cuestionable.

Elementos finamente diseñados al no-diseño. Conglomerados para su fin, para ir bajando al opaco y oscuro túnel de la negación. En tanto, con ellos, y al tiempo, conmigo mismo me buscaba y encontraba; viéndome, donde no estaban... Sobre mi inamovible cuna.

Cada vez que el punto brillante del norte pincelaba de claridad sus contadas horas, encontraba todas y cada una de las vigas y columnas, pintadas, sin ningún color.

Eran expresiones sin formas, pero de invaluables caminos, al seguro desfallecer. Sus egolatrías, no calaban al Ser.

No eran de piezas finas, de piel de estrellas, ni de sueños con alas. Apenas, eran, lo que eran: por ser, pero, sin Ser.

CAPÍTULO 10

Todo parecía envuelto sobre finos e invisibles hilos de distancias limitadas. Era una apología y prolongación a la necedad, puramente infame.

Y el color brillante dormía cada vez en mis pupilas cansadas: cansadas de distancias cortas, de puntos sin profundidad, y círculos que no encerraban, sino, un absoluto vacío de incuestionable figurín... ¡La desolación!

Y surgían las melodías agotadas por el viento preso, y en sí, llenas de pensamientos lejanos. Sí, lejanos, pero profundos...

Nunca caminaban solas, siempre quedaban atrás las huellas que no veía; y ahí, estaban...:

Yo, con ellas, y ellas, conmigo... Pero, ellos..., sin nosotros.

Ya merodeaba la existencia como un león rugiente buscando a quien devorar, sólo había que escuchar sus huellas.

Uno a uno; luz tras luz; sombras tras sombras; así se perdían por esos caminos del alma. Eran, solitarios, sin tiquete de regreso a mí.

Yo, comenzaba a irme al no-futuro: sin saber, sin conocer. En la casa andante —como un rompecabezas—, habitaban las piezas faltantes de un Universo negado a la simplicidad... Era, entonces, llamado sin voz: a escuchar, sin hablar; a entender, sin pensar.

Era el Ser buscándome, y mientras, ellos perdidos, yo me olía y pude encontrarme cuando —de forma paralela—, una extensión de mí: que salió de mí —según la memoria de todo lo movible—, daba otras connotaciones de especial trascendencia; y pintaba de colores y olores extraños, todo cuanto intangiblemente rodeaba al Ser.

¡Era, lo que fue!... Sólo parte de mí. Aunque está por fuera, entrañablemente la escucho susurrar...

Ella..., ¡no sé!... En mis olvidos, tenía largas sombras de su figura extraña: que no duerme, que no muere. Y entraba en mí, y yo, en ella, en forma de suspiro profundo...:

Como el primero, y el ultimo... Antes y después de...

Y de esa forma, parte de ella, siempre se quedaba; y parte de mí, se llevaba la mitad de la nada.

La mitad, ¡será siempre!... Pero, aún vacío, pasará la fusión... Sólo preparo el momento de su luz... de esa eterna luz.

CAPÍTULO 11

Inmaterialmente venía recordando el no-futuro, y lleno de la nada derramé pensamientos sobre la callada, calmada, posible, y eterna piel blanca. Testigo, de la vida y la muerte, que penosamente recordamos.

Aunque estoy, la veo, la reconozco, y sé que me recuerda a mi recuerdo: al torrente del líquido cristalino, negado a la limitación.

Fluye como el viento, a favor o en contra de él; a veces lo supera, a veces no. Y de todos modos les justificamos y limitamos a andar con nosotros. A veces, condenados, al cementerio del recuerdo universal.

CAPÍTULO 12

Hay una manera extraña de perpetuidad irascible, que está al costado del viento —dentro y fuera de él—; por encima del agua; dentro de la tierra, e inmediatamente, por fuera de ella.

No lastima, no incomoda, no hiere, pero está en la entraña íntima; cerca del pensamiento...:

¡En el pensar del Universo!...

Hay un pulso en él, que rige y traduce elementos de irascible luz, que escapan —de sombra y de luz—, a nuestra interpretación vaga de cantidad...

Y están ahí: solos, vacíos de color, de olor, y de movimiento eterno. Se mueven y estremecen a su antojo, pero no lo comunican; más bien lo disimulan y se nos muestran sectorial, aleatoria, y vectorialmente: cayendo a un lugar, ninguno, en las pupilas de nuestros deseos.

Yo, acontezco, y ellos, dibujan el firmamento lejano y negado a la saciedad... Voy en su ruta, pero en dirección, a mi dirección...:

Ellos, vienen, en tanto, voy. Y sigo solo..., simplemente, estando; o simplemente, describiendo lo indescriptible en el callar de las paralelas vidas donde estoy.

Sumergido como algo más, como un complemento, a lo que irrealmente existe, se abrió una brecha entre el Ser y lo irreal.

Testigos callados —inmóviles y no ajenos del movimiento—, danzaban adrede: a propósito, para su propósito...:

El hacerme entender: su callado pensar, y acontecer.

Unas, acostadas —de mil formas y tamaños—, siempre estaban sobre dura roca, matizadas del color de la esperanza.

Otras, de pie —entre vivas y muertas—, danzaban al crepúsculo coqueto que enamoraba su silencio corpóreo.

Y miraba, sin mirar, y desde lejos, mi luz lejana pintaba de una claridad diferente y expedita, mi ilusión de encontrarme nuevamente.

Me recuerda que debo ir allá: al origen del no-origen; al lugar del no-lugar. Para así, sumergirme en mi incorruptible sitio... El que aguarda sin cesar..., con detenimiento.

CAPÍTULO 13

En el aparente y largo detenimiento del pretender conocer, diferentes aconteceres en el lugar de piedra cerrada —sostenidos de un horizonte abstracto y abierto—, entre oscuro y claro: no eran, una cosa, ni la otra...

En ese lugar habita la aridez de sentimientos. Reverbera, y no se conoce, ni valora, el valor que es útil; aun siendo lastimado...

No se manifiestan porque en su conjunto, cada uno de sus elementos, no se justifican. Dentro del caos se alinean con respecto a ellos mismos, para poder existir.

Los acontecimientos eran como hilos delgados: absolutos, aparentes, y transparentes, que ataban e hilaban todos y cada uno de esos profundos y enigmáticos impulsos de ser, para el Ser...

En medio de la manera más fácil —en el opaco sentir—, crecer, en medio de tanto y nada, era someterse al eterno caminar; de frente, al punto de luz del norte. Este, permitía darle la espalda al no-futuro, para así, ser elegido, entre la negación.

Esta, era, y es, la forma de perpetuar los sueños de la nada, para su "justo propósito": ¡dormirlos!... Y se jactan de su sapiencia, sembrando vientos, en su tierra de destierros.

Después hubo un acontecer de cercano y lejano andar, que proporcionó una puerta al sometimiento:

¿Por qué lo haría? ..., él, no lo sabe... Yo, sí.

Pero su intención no era clara, más bien, confusa, porque su propósito de aparente bondad iba teñido de cadenas invisibles, que fijan la mirada al oscuro túnel...

¡Que no se le condene!, más bien: que le sea permitido conocer, para que entienda que no ha existido desde siempre.

Y dejándome llevar a la absoluta representación de poder, y majestuosa fuerza, entraba en el mundo de la negación.

Era una constante comunicación —de un lado a otro—, y un flujo continuo de cosas que existen, pero no vemos.

Las escuchamos, y no las entendemos. Es la absoluta comunicación de la opacidad, que conlleva a un mecanismo de aparente calma, y de poderosa manifestación. La que transforma, la ignorancia, en desolación.

Dicho mecanismo es la almohada de la reinante muralla, que, en sus fotos sonrientes, denotan rostros de fehaciente aburrimiento; sin sentido de sí. Pero, son: el control, del control...

Conocí cada respiración, cada ruido, cada fallecimiento, y hasta vi su perversa intención: satisfacer las necesidades, para llevar a la necesidad... ¡todo fue bien pensado!, ¡verdad?...

Lo más complejo, es que en cada rincón donde habita el movimiento..., están. Todo fue necesario, todo es valedero. Solamente, era un aro, un círculo cerrado... Yo busqué la forma de entrar en él y, al no-tiempo, salir.

Mientras, el suceder —detenido en una hoja de mi existencia—, era, cimiento y piedra; necesarias para la construcción de una la escalera con destino a mí. Así, anduve, muriendo, sobre mí mismo.

De esa manera anduve sobre una dirección contraria e inversa de mí. Haciendo galopar a quien me marca el ritmo, y me dice de sus misterios: en dirección al paisaje, del verde suspirar e infinitas ilusiones.

Al tiempo entraba a una pasión pasajera, de los que escuchan, sin ver..., al devenir. Y llevan el pensar, a sus diferentes estaciones...:

A tratar de comprender, sin intentar descifrar. A intentar, mostrar, la presencia de mí mismo. Sin el conjunto de los sensibles, dispuestos a captar, sus necesidades.

La inversa de mí era del viento. Su perfume inicial..., del fuego. La llama, que no somete a la piel, a sus egoístas antojos.

Del agua, fue, su sensación inequívoca de humedad. De vida, y de tierra, la semilla que florece; la que habita en el día y se despide del tiempo habitual. Del causal suceder, que con la luz del norte...:

Con ella, viene, y va, ¡inevitablemente!...

CAPÍTULO 14

Mi pasión pasajera, es, y siempre será: la ruta, la primaria conexión, y el nivel quinto del entendimiento. Al que se debe llegar: por ser verbo, y no, por sustantivo...

Detenido en la solución de conocimientos: unos revueltos, otros, claros —en fin, no eran, ni estaban—, cual esencia, solitario y fuera de mí, era parte de la existencia vacía, porque...:

¡Respirar, no es vivir! ¡Estar, no es existir...

Hoy entiendo su definición, de...: Absoluta. Del pensar, al que hay que ir vestido de sólo un sueño.

Cada segundo de mí, en ese estado del movimiento, era una daga en el hondo equilibro del entendimiento.

No era preciso escapar sin encontrar un túnel de salida. Era, de mí, nomás, la manifestación de mí..., porque: era evidente y prudente empezar a caminar. Entender, y conocer, el momento de regresar a la otra salida...:

¡Todas están..., uno las posee!

Luego, fueron suficientes ambas manifestaciones del error, al no precisar, siendo un acierto. Solamente, es una determinación del replanteamiento substancial del "principio y el fin".

Trascender a desojar sus determinantes es establecerlo, y no es procedente cuando se le conoce. Sólo: ¡Sé, que sé!...

Por eso es sustentable, que: su error, no es la abundancia... Sino: la escasez.

Mientras todo esto sucedía, fui testigo de una forma de movimiento menos opaca, que se establece por autoritaria, y se adueña de un pedazo de la más básica necesidad. De las que establecen y dictaminan: el control, del control.

 Esta forma era limitada a la poca apreciación, y desconocen, de su errada existencia. Yo las veo, pero no les digo, sino, sus palabras: porque las mías, no están en ellas.

Quizás, no se den cuenta de mí, pero si, las percibo. Ya vendrá el momento de mostrar mis genoides, a sus ventanas cerradas: al ser, el yo superior, en mí.

Si es negada la aceptación, seguiré mis andares sobre lo que falte, y lo que sobre. Yo, los guardo en mi primera y última luz. También, sé que ellos toman de su tiempo, un pedazo, a mi detenimiento: pero es, a su manera.

También —en tanto la gesta de ese acontecer—, me limitaba, a cierta limitación: mi necesidad..., innecesaria.

Y me conducía por caminos de desolación abismal y, de regresión, a la regresión... Era, de esa clase de formas que provenía de mi lejana roca, y aparece ¡en el preciso instante! ...: En el lugar donde buscaba, lo que no había; porque no debía ser... En ese el lugar, se lleva el entender y el conocer, al sexto nivel.

CAPÍTULO 15

Distraído en ese tiempo donde me detuve en la forma que hizo brillar mis ventanas —con luz infinita, más alta, que la del punto del norte—, quemaba, sin quemar. Por eso, era un reto avivarla, sin prevención.

Y siempre estaba ahí... En el lugar del palpitar: donde no se ara, donde no se arranca, donde no llega el sol, ni la luna. Simplemente, no se cultiva, porque siempre, ¡permanece!... Es, sólo:

¡Luz eterna! ¡Ahí, no crece la maleza!...

Pero como todo principio, supone un final; y abrir la mirada, significa, cerrarla; soñé someterla a las imágenes, carentes de olvidos.

Nomás, se dejan de recordar, que es otra cosa. Pero duermen en el mismo lago esperando a que sean pescadas, a que sean acariciadas, y despertadas nuevamente a la vida…

Me reté olvidarlas, y no sucedió. Sólo dejé de recordarlas, mientras, comenzaba a buscar, los senderos de mi existencia.

Todo sucedía al tiempo. Fue como la torre de la antítesis de la humanidad, no quedaba, sino, seguir a la espera de terminar, morir, y esperar el advenimiento de una nueva vida.

Y empezaba a renacer dejando todo atrás, comenzando al lado de mí mismo.

Con incógnitas diferentes y cuestionamientos similares; estaban sumergidos en sus mundos y en sus Universos, mientras, que, los míos explotaban a la nada…

Intenté entrar en ellos, y ellos, dejaban sus puertas abiertas para que entrara y saliera cuando quisiere: sin cuestionamientos de ninguna naturaleza —solamente por ser ellos, de ellos, y de mí—.

De ese modo, pasaron largos eventos del vivir inmerso en la espera. Del poder proceder al cambio, y a la naturaleza de mi naturaleza.

Ellos, aún duermen en su sueño de fácil entender, y de difícil despertar... Ya viene el momento de llamarles al verdadero amanecer: al del entendimiento absoluto; pero sucederá, cuando sea preciso.

Y dejando el deseo de llegar a donde no debía ir, sometía mi materia a su reposo progresivo. Dejando, a un lado: la maravillosa distracción, a la distracción. Así, fui por sendos caminos; montado en otro andar de diferente nombre, y fin: ¡el mismo!

Pero, conocí, conociendo. Solo, entre noches pintadas de luz, y luces, de oscuridad, vagaba entre mis semejanzas contrarias: unas pagas, otras no.

Hoy, no sé de ellas, ni ellas, de mí. Quizás, me presienten, o tal vez, las encuentre en otras casas errantes... ¡Eso, pasará!

Pero rompí cadenas de invisible justificación, y encontré lo que debía acontecer...:

Sólo el Ser, sabe del Ser; por encontrarse así mismo.

Ya comenzaba a ser de mí, lo que era mío. Nomás, había que tomarlo, y lo hice.

Montado sobre mi potro universal abrí los ojos

en la piel de mi estrella, y ella, despertaba también, con su propia luz...

Esta vez, hice lo mismo, pero de otro modo...:

¡A mi modo!...

FIN

ACERCA DEL AUTOR

DOUGLAS BURGOS es el autor más polifacético y el narrador contemporáneo más confiable.

Además de escritor es filósofo, sanador holístico, músico y poeta.

20 Poemas del Olvido y Sus Destierros, La Cárcel, y La Naturaleza del Pensamiento, son sus obras publicadas. En ellas, desde la narrativa, la ficción, lo espiritual, y metafísico, abre espacios al surrealismo y a la extemporaneidad del Ser; como un todo.

Posee una amplia trayectoria como músico interprete, compositor, productor, arreglista y banda musical. Cuenta con dos producciones musicales en el mercado del disco.

La carrera de escritura de Douglas Burgos se caracteriza por demostrar que se puede ascender a la integralidad del Ser. Por eso, sus obras prometen ser duraderas.

Actualmente reside en los Estados Unidos de América.

Para una lista completa de libros por

DOUGLAS BURGOS

VISITE
DouglasBurgos.com

 Siga Douglas Burgos en Facebook
@DouglasBurgosA

 Siga Douglas Burgos en Twitter
@DouglasBurgosA

 Siga Douglas Burgos en Instagram
@douglasburgosbooks

www.ingramcontent.com/pod-product-compliance
Lightning Source LLC
Chambersburg PA
CBHW050835180626
46814CB00004B/1630